- 背ビレと尻ビレはすじがしっかり
  ヒレそのものが先端まで筋の骨組によって
  しっかりしているかんじ
- 胸、腹ビレは先端がかなり薄く透明
- アブラビレは筋も細か

歌集

點

雁部貞夫

岩船寺にて（1993年8月30日）
右、宮地伸一先生、左、雁部貞夫

われひとりおし戴きて最上川の鮎をこそ食はめ病癒ゆがに　茂吉

飛驒の諸友に献ず

＊目次

まえがきにかえて

歌集『鮎』について

雁部 貞夫

このたびの歌集（第八歌集）に題を付ける時に、私はだいぶ迷った。「鮎」という一字の簡潔な題にしたかったが、先行の句集に上村占魚氏の『鮎』があることを知っていたからだ。

上村氏は、私のヒマラヤの師匠である深田久弥先生の友人であることは、そのエッセイでよく知っていた。

しかし、上村氏の『鮎』（昭和二十一年、笛発行所刊）を読んでみると、始めの方に「とりあへずそこばくの鮎送りけり」があるばかりで、なかなか鮎を吟じた句が出てこない。ようやく終りの方に「谷口の家二三軒鮎の宿」など三つの句が並んでいた。わるい句とは思わぬが、特に秀吟とは見えない。俳号に「鮎」の文字の「へん」と「つくり」を分けて自分の雅号とした人の句集としては、何か拍子抜けしたような気分であった。

かくして、ようやく私は安心して自分の歌集に『鮎』と題したのであった。

ここ十年ほど私は、飛騨高山市の行事である秋の「お月見歌会」へ、妻と同行して出かけている。二泊のうち一泊は宮川源流に近い位山（一五二九米）の麓の宿「甚左衛門」でお世話になる。宮川の苔の香りのする鮎を肴に飛騨の銘醸を酌み、まことに至福のひと時を味わう。

もう一泊は市内のホテルに止宿して、昼か夜は、高山切っての老舗の料亭である「洲さき」か「角正」で飛び切り上等の鮎の塩焼きほかを堪能する。前者の女将は洲岬佳子さん、後者は角竹三恵子さん。いつも行き届いた配慮で美酒佳肴を振舞ってくれるお二人に、この際深く感謝の意を書き記しておきたい。

ここまで書いて来ると、この度の拙著『鮎』は、飛驒の歌友、知己の皆さんに献ずるのが最もふさわしいと思う。願わくば、わが飛驒びとよ。わが微意を何卒うけ入れ給え。

さいごになったが、本書の装画は、我孫子歌会の仲間である千葉照子さん（日本画家）に本格的な作品「鮎」を描いていただいた。また、題字は先年惜しくも物故された豊田育子女史（書家、歌人）が早くから何枚も書いて下さっていた書蹟を使わせていただいた。

また、作品のパソコン入力は前歌集と同様に浅野智子さんにお願いした。浅野さんは私が三十代半ばで勤めていた都立神代高校の卒業生。三年間私は担任として接していたが、彼女はクラス切っての才媛で卒業後は、都立学校の教師として働いていた。その頃の生徒諸君は今やみな定年世代である。

歌集『鮎』の製作万端にわたっては、前回の『わがヒマラヤ』や『夜祭りのあと』

と同じく、青磁社の永田淳氏にすべてをゆだねた。すがすがしい一書の誕生を期待したい。装幀の濱崎実幸氏のお骨折にも心から感謝を申し述べたい。

令和五年五月三日

新憲法発布の記念日に、東京西郊の杉並にて記す。

雁部貞夫歌集

鮎

序章

吉野の鮎

万葉を長く学びて思ふのみ吉野の鮎はまぼろしの味

高野より熊野の古道踏むもよし吾は古座川の鮎を食ひたし

愛弟子の節もたらす川魚を子規食（は）みたれど鮎にはあらず

川魚は子規の好みしものならず日々あかず食（を）す堅魚の刺身

小鹿田（をんた）より日田へ戻りし秋の夜妻と分ちし鮎鮨一尾

わがために飛驒小坂(をさか)にて釣りしとぞ確かに川の苔食みし鮎

弟の終の奢りの鮎と酒　飛驒古川の梁場なつかし

I

平成三十年（二〇一八年）

会津、かたくり群生地

米うまし空気が旨い水もよし会津の家に自炊たのしむ

一株より一葉のみ採れ片栗のこの群生地は友の持ち山

牧水は何処の山の片栗を酒菜とせしや雪残るころ

片栗の若き芽うでて和布あへ今宵のさかなにこれが絶品

戊辰戦より百五十年へて今宵読む「会津殉難者名簿」第一丁より

家老屋敷に老武士付きそひ族（うから）らの死を見届けて自らも死す

時は流れて――「はしばみ」七十周年

「はしばみ」の歌会の合ひ間に興じゐき文明先生の際どき話

釜井容介氏

文明の裸身逞しかりしとぞ宮地氏伝ふ古峰ヶ原（こぶがはら）安居の会を

コーヒーの花愛でまします君思ひ南の島のマンデリン淹る

宮地伸一忌

コーヒーを淹るる気配に三毛は覚むこの子の狙ふはミルクなのだが

足利に繁く通ひし時ありき文明先生苦闘の跡を

＊歌誌「はしばみ」（星野清代表）はその後、令和五年十月号を以て終刊と決した。

会津の鰻——「えびや」百年

（一）

伊達藩を駈け落ちしたる夫婦もの会津の川蝦売りしが起こり

会津にては鰻の店はこの一軒「う」の字大きな暖簾はためく

ふた月に一度のわれの会津行ここの鰻がわが命綱

鰻不足のうつつに耐へて甘辛き味伝へ来し四代百年

四代目は働きざかりの大男あふぐ団扇の破(や)れ具合よし

スーパーに父の生家の品一つ白糸納豆五代百年

会津人の食支へしを誇りゐし祖父鶴吉の白糸納豆

ひよつとして美食を好みし人なるか文明百歳雑食家なり

ひよつとして茂吉は鰻の食ひすぎか毛野の文明何でも食べた

長州と会津の歌よみ「えびや」にて鰻食らひて歌語らばや

この世より鰻消えなばわが歌も共に消ゆべし「むなぎ」善きもの

（二）

妻連れて目指す「う」の店「上らんしよ」会津の女（をみな）の声はやさしも

久々に妻と二人の「う」の老舗二枚つづきの大串たのむ

宮地先生いまさば鰻に酒振りて召さむにすでに世をへだてたり

幾十たび君と鰻を食(は)みたるか吾が払ひしはただ一度のみ

「大江戸」の鰻食みつつアララギの写実守れと言ひし君はも

片山貞美氏

浅野次郎氏逝く

底無しに酒呑む人と思ひゐきそのにこやかな赤ら顔見て

君と行きし宇和最南の城辺町浅井俊治の墓に詣でき

獅子文六疎開の宿に深酒し雑魚寝したりき友らも若く

君に従ひ入りし工場（こうば）に少女ゐて吾が手にのする真玉白玉

南宇和南の端（はし）の港二つ御荘と深浦見ずに終はるか

喫煙室

豪胆かいや無神経この女(をみな)一挙に七人処刑するとは

殺人に殺人をもて酬ひたり法治国家の理念とは何

死刑といふ殺人いつ迄つづくのか復讐法の名残りならずや

今月から「全面禁煙」となりましたかつては喫煙室と名乗りてゐたり

コーヒーを飲む楽しみが半減す煙草の吸へぬ喫茶店など

どの会へ行きてもしよぼくれ喫煙派吹きつさらしの喫煙処あり

北蝦夷行

（一）祝津の岬

台風の迫る祝津の丘に立つ鰊の群来（くき）の絶えたる海か

誰も来ぬ鰊番屋の大広間岬の風が肌を撫でゆく

この番屋支ふるオンコの太柱まことならむか樹齢千年

牡蠣焼きてビールを飲めば憂さが去るこの単純が今日の救ひぞ

烏賊を焼き帆立を焼きて振舞ひし媼は居らず岬食堂

（二）　雄冬岬

札幌の雪の夜道に倒れたる友元気にて車椅子こぐ

この友と石狩湾を北上し増毛目指しき「雄冬」の岬を越えて

雄冬岬は名に負ふ蝦夷の三嶮かかつてはここも鰊の漁場

増毛には何があるのか野暮言ふな暑寒別の水をかもしし「国稀」がある

利き酒の盃いく度も変へたりき札幌の友も吾も若くて

朝行き昼も利き酒に入りし蔵少女居て言ふ「利かなかつたの」

若狭へ行く

（一）

若狭には何があるぞも大ありさ仏と魚（うを）と原発もある

御食(け)つ国若狭の本領知るは夜善男われは仏をろがむ

口角をややに上げたる多田の観世音アルカイックな笑みを浮かべて

階(きざはし)の奥に簡浄な一字あり陸奥(むつ)の安倍氏の遠く寄進す

台風の迫るしるしか紅(くれなゐ)に空焼け小浜の海あぶらなぎ

いざ行かむ地の魚旨き鮨の店ふところ大きわが友が待つ

遠き世に鮑好みし長屋王しばし思へどあとはむしやむしや

いく種類小浜の魚を食みしやら終の一カン鱧(はも)を焙りて

（二）

毎日の如く刺身を食べし子規江戸の「握り」は好まざりしか

冷酷な男と子規をそしりたる門人ありきさうかも知れぬ

芭蕉とて冷血漢の気配濃し連句編みたる弟子ら切り捨つ

蕉翁と言へど隅には置けぬ人イケメン杜国と終の旅せり

善数(よしかず)君悪魔の如くささやけり「ダルコット」の峠(たを)行き雪のロック飲まぬか

北はオクサス南へインダス分くる峠(たを)「ロック」旨かりきヤクのチーズも

「昭和」の子われら拓きし高峰(たかね)の幾ルート続く者なく終はるか「平成」

Ⅱ

平成三十一年＝令和元年（二〇一九年）

三州足助屋敷

古民家の庭に放たれ尾長鶏ときの声上げ飽くこと知らず

梯子のり難なくこなし猿次郎昂然と立つ群衆の前

この猿に見覚えのあり去年（こぞ）の秋銀座路上に人集めゐき

猿の持つ籠へいささか銭投ず谷の宿場の秋の賑はひ

牡丹鍋牛より旨し妻と来てしばしむさぼる紅（くれなゐ）の肉

兄貴には今の教師は務まらぬ校長退（ひ）きし弟言へり

大御歌

（一）

映画果て書店に入ればこは如何に「平成の大御歌」とぞ大書せる記事

総力を挙げし特集と銘打てりああ気味悪しこの断言は

「大御歌」は死語と思へど百五十年昔に時計の針を戻すか

見ぬふりにやり過さむは易けれど「踏絵」踏まする世が来ると知れ

いち早く「人間宣言」せし人を忘るるなかれ「平成」の今

あの行事触れずにおけばいいのだと言ひし文明偉き人なり

（二）

映画待つあと一時間何読まむ「大御歌」なる特集読むか

沖縄の「分断」嘆きしその口にて「大御心」を謳歌するとは

どんな思想持つのも自由さり乍ら先き棒かつぐは若き歌よみ

擬態変態変節するは世の常か歌詠む者も除外例なし

飛天と茶粥

（一）

大和名物朝の茶粥を召し上れ時かけ炊きし仄かなる味

いざ行かむ昨夜（よべ）の酒の香一掃し御寺へ行かむ水煙を見に

画をとるか龍笛の道を進まむか飛天に祈る寧楽の少女子

許されて亀茲（キジル）の窟に入りし日よ窟の高きに飛天舞ひゐき

ある窟は描きし時の色保ち飛天の青衣したたるばかり

地に置きし水煙の高さ三十尺飛天まさしく龍笛を吹く

（二）

烏龍茶しきりに飲みて気焔はく女（をみな）頼もし奈良の歌会は

たとふれば茶粥の如き歌幾首助詞を省けば味濃くなりぬ

フラスコの気付け薬に生気わく四十余名の歌評の半ば

女子会の如き歌会に鳴りひそめわれら男（をのこ）は呑み会を待つ

麦酒（ビール）飲みオンザロックも二、三杯めざめの朝は茶粥をすする

微妙なる茶粥の味をわきまへぬ東男は胡麻塩を振る

松本・辨天樓

「王*が鼻」の上より昇る朝の日が女鳥羽の橋の吾を照らせり

*美ケ原の高所をいふ

辨天樓かつての如き大き店縄手通りのそば屋の老舗

廃材としがない焼物山と積み古物屋がある買ひ手あるらし

大なるは葛籠(つづら)とテーブル棚板か「はんこ」の看板本業らしく

寮歌放吟歩みて行きし宗吉か女鳥羽の川べ人影乏し

宗吉は茂吉の次男、松高生、のちの北杜夫

己が子の博物志望くじかむと茂吉の哀願悃愊の文

浅黄まだら

人知れず浅黄まだらは翅やすむ秋山郷の廃れし村に

浅黄まだら吾の指（おゆび）に着地せり茛吸ひゐるわれの指に

いつよりか苺つぶさず吾は食む老いて短気になりし証(しるし)か

耳許に食材こまごま語るシェフわれには無用声ききがたく

今の世は令和令和と浮かれすぎその名背負はむ人を思へよ

世の中のどこに隠れてゐたりけむ俄か「万葉」店頭埋めて

大和に死す――小谷稔　頌

半ばまで雪をかぶりし富士の峰見つつし思ふ君亡き今を

夜を徹し友の下宿にアララギを語り合ひしよ六十年すぐ

死を前に命のびよと嘆きたる文読むときに泪出でたり

君が葬り忙しく終へて帰りゆく秋篠寺の塀に沿ひつつ

三宅奈緒子に続きて君を失ひぬアララギの良心として仰ぎしものを

君なき今われらは如何に進むべき考へあぐねて一日また過ぐ

思ひ立ち君の「アララギ歌人論」読めば見え来る歌の手がかり

若き日の君を鍛へし小宮欽治わが兄教へし高校教師

「あらかし」を断念せしより二十年大和への思ひ深めて君旅立ちぬ

穏やかな君に豪毅なる歌のあり那智の瀑布を詠みにし一首

三宅奈緒子氏を悼む

（一）

やうやくに全歌集上梓の月決まり安んじて向ふつひの校正

安曇野に七坪の山小屋建てし君の歌さやかなり松の林に

老いたれど草間氏のハンドルさばき確かにて秋山郷へ君をみちびく

草間氏の遺影に向きて吾は読む終の御歌かシベリアの歌

深田夫人の交通禍詠みし一首ありその命終を吾目守りゐき

つつましく心の惑ひを詠みましし相聞歌ありしみじみと読む

（二）

「吾をゆるす友ひとりあれ」と願ひたる君は孤独をその友として

『三宅奈緒子全歌集』

かにかくに初句索引も出来上る君のみ読みうる文字を残して

晩年に類似歌とみに増えゆくをつぶさに知りぬ戒めとせむ

校了紙渡して来月は本となる「ハートランド」でさあ乾杯だ

痛風の戒め自ら解かむとすさもあらばあれ麦酒（ビール）が旨い

「人生は徒労」と書きし君の父徒労にあらずこの四千首

夏の終はり、小樽行

（一）札幌にて

道庁によき木生ふるを今日は知る水に影なす枝だれ桂は

柳のごと枝々たれて葉は桂ミュータントなり岩手原産

この街に二百余集ひし夏ありき老いて今詠む二十数名

山葡萄かもしし君の朱き酒ひと口ふふみ陶然とする

この街は二百万都市歌を詠む楽しさ語る若者出でよ

もの調べ詠むは楽しと吾に告ぐ「茂吉の会」にて岡井隆は

（二）小樽にて

政鮨は大きくなりて騒々し昔のままの「すし六」に入る

黙々と親父の握る蝦蛄(しゃこ)穴子ゆつくり食らふ酒の合ひ間に

歩み得て今日にて十日久々に枡酒くむを己に許す

痛風の抜けし祝ひだ一合の「十四代」の「萬寿」追加す

若ければ幾皿かへしや氷頭(ひづ)なます金太亭(きんだいてい)の昔なつかし

かの友も老いて病めるか白老の鮭の乾干（サッチェプ）し今年来らず

（三） 地獄坂

学生の多喜二通ひし地獄坂まことに地獄老いぼれ吾に

気になりし写真一枚確かめむ文学館の多喜二コーナー

亡骸の多喜二を囲む幾人か右端に写るは原泉なり

後年の泉は嫌な老婆役こなして支へき夫重治を

原泉の夫は作家中野重治

亡骸の多喜二写ししこの一枚それより憎む権力の惨

Ⅲ

令和二年（二〇二〇年）

大聖寺にて

大聖寺は鴨の季節かただに恋ふ深田久弥を鴨の治部煮を

文学者の兄に代はりて家を継ぎその兄うらみしこと無かりしや

深田弥之助老

春告ぐる魚を豊かに盛りし皿あれは確かに古九谷だつた

蟹焼きてその身すすめて呉れたりき音立て雨の降る宵なりき

加佐の岬めぐりて荒るる海を見き吾の心も騒立ちてゐき

六甲おろし

若者ら繁く行き交ふ奈良の小路黒米赤米刀豆（なたまめ）の店

ゆくりなく『六甲山系』手にすれば内儀声かく「本が買（こ）うて」と呼び止めるとか

その山の麓は東の風強し冬の強風すなはち「六甲颪」

「六甲おろし」歌はず過ぎて幾年か若虎どもをうまく使へよ

地図みれば夙川芦屋に岡本か関西歌人の巣窟そこは

駒草とうさぎ菊咲く写真よしその群落の健やかなれよ

麻の襯衣

夏来なば年々まとふ麻の襯衣(シャツ)父より享けて四十年か

遺りゐし父の麻服今もあり遺産放棄の証しなりけり

京都「深草」枯木町とはどんな町僧坊町には歌の友住む

深草に片仮名書きの町多しキトロにケチサ、ススハキもあり

植物の片仮名書きに与し得ず白山一華、白根葵を吾は愛する

煙草より莨と記すを好む吾この偏屈を許したまはね

師弟相関図

アララギの師弟相関図示されて「弟子などゐない」と怒りし文明

相関図作りし宮地氏のちのちも不覚だつたと深く恥ぢゐき

衰へし茂吉に群がる「ガラクタども」と怒りし柴生田氏純粋なりき

誰彼に賞められし歌はびこるは「滅び」の兆しと落合氏言ひき

私淑する一人を胸の奥におけ「秘するが花」と古人も言へり

世をそしり人をくさすは老いの常われ平凡に八十二歳

大下宣子さん逝く

苦しみより解き放たれて花のなか生けるが如し終の御姿

遠く来て宮川の辺に酒くめばまざまざとして君が面影

ビートルをあやつりみ空を駈けてゐむメリー・ウィドウ大下宣子

孤独感極まりしときも幾たびか慰め呉れしその人は亡し

遠音より近きその声さらによし飛驒の木遣りを共に聴きしに

岡崎洋次郎氏を思ふ

西域にわが乗りゐしはかの「汗血馬」馬主岡崎真顔にて言ふ

アフガンの駿馬求めむ騎馬の旅あはれ一夜の酔夢に終はる

年々にその身粉にして努めたり「現代万葉集」世に出ださむと

苦き笑ひ

君は問ふ歌の未来をわれ答ふ未来あらずと苦く笑ひて

先きざきを思ふ心はたのめなし今を歌へよ力の限り

鮮烈な言葉残して次ぎて逝く飛騨の大下野毛の岡崎

幾十たび瀬戸の海峡渡り行き何語りしや夜の白むまで

活ける海老活けるがままに飽かず食みし島の一夜を忘れざるべし

締まりなき口語歌などは飛ばし読む「まこと」の歌を吾は求めて

春近し

木々の芽のまだ開かざる山の裾春は近きか白き梅咲く

大皿の牡蠣のむき身を七つ八つ父平らげき疎開の日々に

山盛りの焼きそば平らげ焼売は三つ四つ池波鬼平神田の昼餉

揚子江菜館にて

この店の「干焼蝦仁」と「干焼明蝦」どこが異なる前者は芝蝦

食欲もその他の欲も淡々し迷ひし末の小籠包子

在りし日に君と喫ひたるこのジタン紫煙の中のジプシーか君

虎毛のモグ　山東渡来

わがモグは山東渡来の虎毛にて毛足なめらかわが膝に寝る

彼の国にて「耄（マオ）」は八十の目出度き語この国にてはただの老いぼれ

ネパールの王家ゆるがす毛イストわれはしがない猫イストなり

わが兄は金沢文庫の蕎麦屋なり大佛次郎が猫なでに来し

その猫は元は捨て猫蒙古猫「とてもいい猫」灰色の毛が

大佛次郎氏の言

大佛氏「猫」は俗字と言ひたれど「貓（マオ）」物々し可愛気のなし

吉野・弥助鮨

新聞もテレビもＧＯＴＯトラベルか東京者はトラブルの種

大谷崎描きし昔を思はする吉野上市弥助の店は

手始めに鮎の刺身が出で来たりああ清らなる吉野の鮎が

弥助鮨に鮎さまざまに堪能し出づれば吉野の山河のみどり

数時間待ちて乗り込む「青のシンフォニー」お召し列車の如き空間

新橋ＳＬ広場

約束の六時半には暇（いとま）ありＳＬ広場にて先づは一服

だし抜けに汽笛一声夜の六時告ぐる合図か新橋駅前

焼鳥のメッカも久しく縁がなしこの駅前に夜ごと飲みしに

ＳＬの頭あたりにて待つべしと新聞記者の友のご下命

男二人酒を酌むのも久しぶりこの男なら本音が言へる

痛風の去りしこの夜祝はむと又々手にすダブルのショット

峠の吹雪

東京をのがれて遠き出羽の国小気味よきまで峠は吹雪く

四月十日峠駅にて

米沢も会津もすでに花の季　霏々と降る雪花よりもよし

廃駅の達磨ストーブ威勢よし判らぬ議論は火中に投ず

故き本と莫迦にするなよ臼井吉見の茂吉論判らぬ個所の一つだになし

「裸にて通りを歩む覚悟せよ」大下宣子の歌の心得

この女流の略歴見れど歳不明おのれ曝さず何の歌よみ

「脳（なづき）」など若い女（をみな）が歌を詠む君の「なづき」をのぞいて見たし

崑崙の夢

（一）オン・マニ・ペメ・フン

ある夜半に目覚めつぶやく真言の救ひを信ず「旅の平安（オン・マニ・ペメ・フン）」

西域の歌を待つよと君の声昭和終はらむ夏の会にて

落合京太郎先生

「君はいつか楼蘭の地に立つだらう」先生の予言空しく若き日の過ぐ

西域を旅行く夢に護符のごと胸に輝く崑崙の玉

握手せし君の大き掌温かし日暮里駅頭つひのその御手

（二）辺境夢譚

馬並（な）めて行きし日ありきチトラルの王家さいごの婚礼なりき

風笛もりりしく進むチトラル山岳兵真白き長衣に緑のベレー

王宮の食事の合ひ間のバグ・パイプ郷愁さそふロンドン・デリーの歌は

アフガン戦役の昔を語る古兵ゐてヴィクトリア章見す隻眼の代償として

マスウドの騎馬兵二百見送りきソ連へのゲリラ出撃たけなはなりき

中村哲登山隊付き医師にしてペシャーワル会への拠金始めしわれら

アフガンのために働き理不尽な死に遇ひたりき中村哲もマスウド君も

金剛山五十首——文明先生の折り帖

桐の箱開くれば墨の香漂ひて息づく如し文明先生の文字

朝鮮より帰りて直ちに書きませり「金剛山五十首」五彩の紙に

誰がために書きしか知らず朝鮮の手漉きの紙に丁寧に書く

己のみ楽しむことは止めにせむ人々見たまへ先生四十七歳の筆

一日か二日の間に書きしならむ筆の運びに乱れを見せず

「金剛山五十首」と折り帖に題すれどまことの数は四十八首

寒ざらし

ひと冬をしのげと鮭の寒ざらし酒にひたして今宵も削る

白老（しらおい）の人の作りし寒ざらし惜しみつつ食ふ雪に籠りて

人に言ふことにはあらず塩鮭の皮の茶漬けは天下の美味と

寒干しの鮭二、三本伴として晩年すごすによき在所あり
越後村上を思ふ

*

越後上布かかへて母は眠りゐき雪の野づらにさらせる上布

銀シャリの中に塩昆布埋めありき母と往きたる終の旅にて

写真見すれど誰も信ぜず奥会津の三尺三寸この大岩魚

日本の原郷求むる旅にして「秋山郷」は日々岩魚責め

岩魚のみ出で来て他に菜はなし四日宿りて節音を上ぐ

明治末年、節　秋山郷へ入る

女（をみな）にも褌（たふさぎ）ありと里ことばああ雅（みやび）なりサネスダレとは

カシュガル追想

カシュガルの青きタイルのカテドラル疲れ知らぬか鳩の舞ひ飛ぶ

鳩を描く日本の煙草旨しとぞ香妃廟（シャンフィ）に人集ひゐて

木かげにて集ひ楽しむ水煙草けふより禁止かウィルス禍にて

大いなる石背負ひくる駱駝あり近寄り見れば塩の塊(かたまり)

玄奘を耶律楚材をたふとびて西域見ぬまま世を終へましき

落合京太郎先生

崑崙の雪の高峰のあかね雲仰ぎし日あり倖せとせむ

ポルトガル、夏の終はり

よき言葉教へてくるる農の歌今日わが知るは「愚か生へ」にて

三七〇万食売りしと誇るコマーシャル鰻の命を少しは思へ

高飛車な女の物言ひ小半とき野暮な人だと生返事する

文化ムラに「ポルトガル、夏の終はり」の映画みて街の夕べにポルト酒をのむ

ガラケイもスマホも知らず生きてゐるしかし旨いなここの海老入り冷製パスタ

比企の丘――吉村睦人兄逝く

父君に抗して入りし「保安隊」君親切なりき歌会の心得われに伝へて

岡部光恵は尼さんなのかと問ひしわれ生ぐさ坊主と君茶化したり

終の日の岡部は日蓮宗の大僧正大き霊園残して逝けり

某先生「難攻不落の吉村」と言ひしは良からぬ面も暗示す

君と訪ひし遠き日思ひ比企の郡(こほり)山寺に来て鐘一つ打つ

謎残し君はこの世を去り行けり夢にてもよし謎明かすべし

Ⅳ

令和三年（二〇二一年）

紫煙（スモーキー・バイオレット）の行方

会ふたびに西域への夢語りゐきバイオレットに髪よそほひて

宮英子刀自

スモーキー・バイオレットの粋な髪巴里の香りを身にまとひゐき

用箋の罫の紫あはくしてプルシャン・ブルーのインクがお洒落

*

さまざまな煙草を喫ふがうれしくて一本買ひすバザール路上

ペシャーワル、キサハニ・バザール

菩提樹の樹下に集ひて水煙草回しのみする長き黄昏

家々のかしぎの香り漂へるなかに吾ゐて紫煙くゆらす

友と二人紫煙の行方見つめつつ旅に在る身の至福を思ふ

空白の時

字も書けぬ歌も浮ばぬ空白のこのひと月に何のありしや

神経が奇跡の如くつながりて祝儀不祝儀二十通書く

若尾文子のくぐもる声がまだ消えぬ映画館出づさて何食はむ

菴没羅のむき方手づから示されしブルハーン汗(カーン)よ半世紀すぐ

菴没羅は、マンゴーの漢訳

お祝ひも悔みもなべて三千円樹木希林こそよき女(をみな)なれ

細胞壊死（アポトーシス）やまざる吾が身を意識して岡崎国手の歌読まむとす

神楽坂「モー吉」

旅心わが断ち切れず行かまほし大和の多坐弥志理都比古の宮

神楽坂「モー吉」の店つひに閉づ茂吉にちなむ肉旨き店

函館の友元気にて煙草喫む雪にあらがふ証なりけり

山縣庸美氏へ

北遠く雪積む街に煙草すふ君の表情憶ひ出でつも

コロナ禍に冷えゆく街に火をともす莨がひととき吾を救ふか

玉くしげ箱根の山の隠れ湯に妻と籠らふ某月某日

コーヒー・カンタータ異聞

コーヒーを愛してやまぬ大バッハ日々飲みゐしか濃きコーヒーを

西洋のコーヒー・ブームの源はトルコとアラブの濃厚な奴

その始め女はご法度コーヒーに媚薬の作用著しとぞ

千回のキスより一度のコーヒーを願ひし歌劇のドイツ娘は

どう見ても旨くは見えぬ西部劇に男らの飲むマグのコーヒー

野営果て火を消すための必需品、コーヒーそそぐ西部の男

そのせゐかアメリカ渡りのチェーン店避けて椿屋の珈琲を飲む

炒りたてのコーヒー探すは吾がつとめ迷ひし末のモカ・イルガチェフ

終章

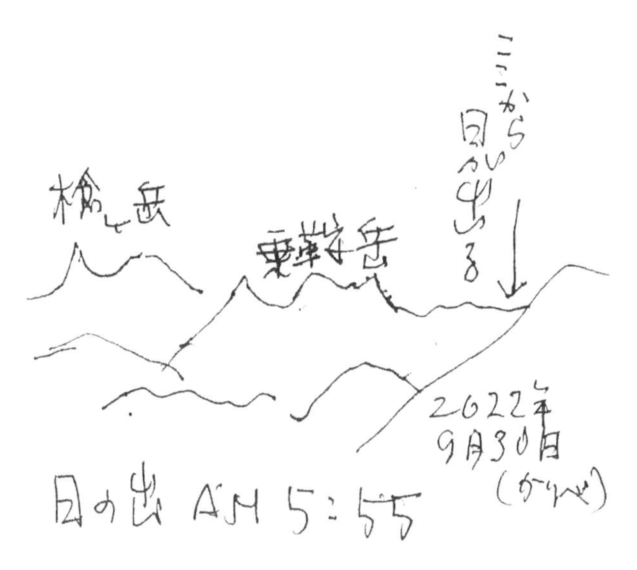

「甚左衛門」の庭より、東北を望む

鮎の歌

（一）飛驒・一の宮「甚左衛門」

コロナ去り吾らはるかに旅をゆく飛驒宮川の鮎を食(は)まむと

二年ぶり飛驒高山の歌の会しやべり過ぎだと誰かの声す

歌の会終へなば鮎が吾を待つ宮川深く友の釣る鮎

谷深く吾らの宿る「甚左衛門」ここにかしこに野の花が咲く

朝の霧晴れ上りたる畑ゆき露のしたたる長茄子をもぐ

畝の間を広くとりたる葱畑宿の主も根深(ねぶか)好むか

庭畑のオクラ大方採られしが秀枝に小さくその実が残る

わが行きしヒンドゥ・クシュの麓みち野生のオクラを日々の糧とす

四十度超えゐる路傍の茶店（チャイハナ）にオクラのカレーと焼き立てのナン

運強き吾の皿には鮎の二尾食めば宮川の苔の香ほのか

さまざまに鮎味はへど苔香る飛騨の若鮎忘れがたしも

（二）武州寄居、佐々旧邸

荒川の断崖（きりぎし）の上に鮎の宿こよひの客は吾と妻のみ

川のほとりに佐々別邸建ちしころ鮎は群なし上り来しとぞ

佐々紅華と言はば何より「君恋し」つい出てしまふあの低音が

荒川の鮎漁すたれ幾年ぞいづこより来る今宵の鮎は

対岸のみどりの森が城の跡　井伏描きし鉢形城は

秀吉の小田原攻めを阻まむと武州の武者らこぞり征きしか

小田原へ征きし城主の留守まもり籠城しばしつひに落ちにき

茂吉ならば隣りの鮎と換へしならむ吾はそれほど野暮天ならず

手際よく宿の内儀が身をほぐす鮎飯旨し「好（ハオ）」と声出づ

ゆつくりと鮎のうるかを味はひて止（とど）めの一献これにてお開らき

著者略歴

雁部 貞夫（かりべ さだお）

一九三八年生まれ、早稲田大学卒。著述業。
日本山岳会永年会員、ヒマラヤンクラブ会員。
新アララギ代表。現代歌人協会会員。日本歌人クラブ参与。
「斎藤茂吉を語る会」会長。

編書

深田久彌『ヒマラヤの高峰』（白水社）、『ヒマラヤ名峰事典』（平凡社）ほか多数。

著書

『カラコルム・ヒンズークシュ山岳研究』『岳書縦走』『秘境ヒンドゥ・クシュの山と人』（以上、ナカニシヤ出版）、『山のひと山の本』（木犀社）、『韮菁集をたどる』（青磁社）。

訳書

ショーンバーグ『異教徒と氷河』『中央アジア騎馬行』、ヘディン『カラコルム探検史』（以上、白水社）その他。

歌集

『崑崙行』『辺境の星』『氷河小吟』『琅玕』（以上、短歌新聞社）、『ゼウスの左足』（角川書店、赤彦文学賞）、『山雨海風』（砂子屋書房）、『子規の旅行鞄』（砂子屋書房）、『わがヒマラヤ』（青磁社）、『夜祭りのあと』（青磁社）。

歌集 鮎

初版発行日 二〇二三年八月十日
著者 雁部貞夫
定価 二五〇〇円
発行者 永田 淳
発行所 青磁社
京都市北区上賀茂豊田町四〇 - 一（〒六〇三 - 八〇四五）
電話 〇七五 - 七〇五 - 二八三八
振替 〇〇九四〇 - 二 - 一二四二二四
https://seijisya.com

装画
見返し 千葉照子「鮎」
題簽 豊田育子
装幀 濱崎実幸
印刷・製本 創栄図書印刷

ISBN978-4-86198-566-9 C0092 ¥2500E

口を閉じては 3回 パクパク と 小刻みに 開閉しているよ
5回 パクパク

両唇は 白パールに 光っている
二唇は 少し黄色み 個々
口の中は白く
奥から淡い紅グラデーション

下アゴセンターの
突起は 目の体寄りの端まで。

口の突起は 目の体寄りの端くらいのもいるが、
口が小さい個体は
ほとんどが 目よりも体寄りまであり
目 半分くらいのと
目 1つ分くらい はみ出す

胸ヒレは 薄いので
腹ヒレは
ヒレの先まで 筋くっきりせず
先端は とても薄く透明

グレーの部分が
光の具合で
ピンク
光み

平らに
水平なので
形は ハッキリ分からん…

ビレ